ころもがへ

Sugiguchi Reisen

杉口麗泉句集

ふらんす堂

目次

句集　ころもがへ

平成二十六年〜二十八年

平成二十六年

桃食べて俄に種にぶつかりぬ

ロッジひつそり玻璃を這ふ秋の蠅

コスモスのポルカや風の強き日は

古典講座実むらさき色深む頃

ころころと出て新涼の山羊の糞

風と共に去りては来たる稲雀

朝顔の名残の縹ぼかしかな

百年を経し陋屋の既望かな

信楽の水差細身風炉名残

夜業の灯煌々と鉄打つ工場

人ら寄り来て短日の骨拾ふ

卒寿の義母ひそと逝きたる小春かな

短日のまだほのぬくき骨拾ふ

雲のごと絨毯踏みて入るホール

小春空描くパレットにあふるる青

均されし土を潤すしぐれかな

はや昼の過ぎてしまひぬ冬日和

襖絵にすすむ剝落冬日さす

わがうしろに柚子湯の柚子の回りたる

これよりは雪雲厚き越路かな

菓子の「舞鶴」初旅の苞に買ひ

雪の加賀能面飾る郷土館

くろがねの土となるまで耕せり

平成二十七年

妙法の山の麓に畑打つ

洋菓子の天使の羽や春兆す

子ら去りてたんぽぽの空ただ眩し

春の雪寿《す》長《な》生《い》の郷《さと》にしばし降り

観梅の葛《つづら》弁当かさね重《ぢゆう》

風に攫はれさうな土手の犬ふぐり

草餅が好きで強情なる母似

辛夷の芽立つ誕辰の朝の空
川に沿ふ踏青学校覗きもし
ほろほろとこぼして花を喰ふ鳥よ

釣釜のはつかに揺れて花の昼

子が鳩に声かけてゐる遅日かな

さらさらと春をゆかせる砂時計

行く春の原稿用紙白きまま

老い黙し丸太剝ぎゐる木曽の首夏

妻籠宿仄明りして余花の雨

新樹雨特急しなのひたはしる
蜜豆や楽しき刻はすぐに過ぎ
一泊の旅の果なり新樹雨

どくだみの花明るきに午下かげる

夏蝶の擦り抜けてゆく立話

更紗巻くのみのマネキン更衣

睡蓮に水輪しづかに触れにけり

紫陽花の毬突く雨となりにけり

青梅雨の牛モグモグと秣草喰ふ

伊万里焼八入《やしほ》の藍や夏料理

あつあつの茶を最後とし夏料理

青柿や父の怒声のなつかしき

青胡桃はちきれさうな嬰の腿

力なほ腕に夫はボート漕ぐ

蒲の葉に記紀の風ある母郷かな

菩提寺に人影もなく百日紅

跳ね鹿を透かし彫せる奈良団扇

眼つむりて聞く初秋のさざれ水

おほらかに鳴き秋草を喰ふ山羊よ

朝顔の紺の奥より来る夜明け

ピチカート鳴きして終る秋の蟬

葛咲けば信太の狐訪ね来よ

秋寒のこの突当り治療室

いつまでも見送りたまふ十三夜

小鳥来てスキスキスキと鳴いてをり

癒え初めし舌のよろこぶ菊膾

団栗のまろび出でたる玉手箱

閃けばしろがね色や秋の蝶

オカリナの音森の秋深めたる

忌に集ひ得しをよろこぶ茸汁

流星に地球のいのち思ひ遣る

柿の皮干すこともして婆の家

ふるさとの空より通草引きおろす

霊水にコップ置かれて石蕗の花

芭蕉忌のしぐれの色の近江かな

癒えし身を柚子湯の柚子の寄り囲む

千手観音の形や枯銀杏

堂出でて熱きうどんを啜る冬

初旅の苞にす砥部焼の徳利

凧揚げの句の軸をかけ初点前

冬深く輪郭の濃きルオーの絵

属吏たりし父の遺愛の冬帽子

大寒や歳月の歯を削られて

お多福の形のせんべい節分会

春の風邪はちみつ色の飴を舐め

平成二十八年

雪解けや太鼓の如き瀬の響き

小倉山のふもとに天降り春の雪

犬ふぐり女は膝をついて見る

亀鳴けりぼんやりと池見てをれば

水浴びに鳥来て森の風光る

雛菊を植ゑ老いらくの新居とす

梅日和足病む人に歩を合はせ

木の香はつかに指ほどの吉野雛

春寒し里山深く削る音

花筵ころびさうなる紙コップ

同窓会果てて水に浮く花の塵

花冷の手に裏み持ち筒茶碗

谷渡りつつ春惜しむロープウェー

梳かし遣る馬のたてがみ夏きざす

初夏の揉みては搾る牛の乳

開け閉てに鈴鳴る茶房森五月
母の日や母の全能たりしこと
そのあとの沈黙枇杷の種乾き

睡蓮の四辺さざなみ寄りやすき

緑中にみどりの糞を零す鳥

学僧に似て青梅の色・形

初蟬の真近の声に佇みぬ

挿頭揃ひや祭髪姉妹

鯉跳ねる音の聞こえて夏座敷

胸もつかひ岩這ひあがる亀の子よ

青々として宛名なき落し文

鵤《いかる》鳴き森の大気を新にす

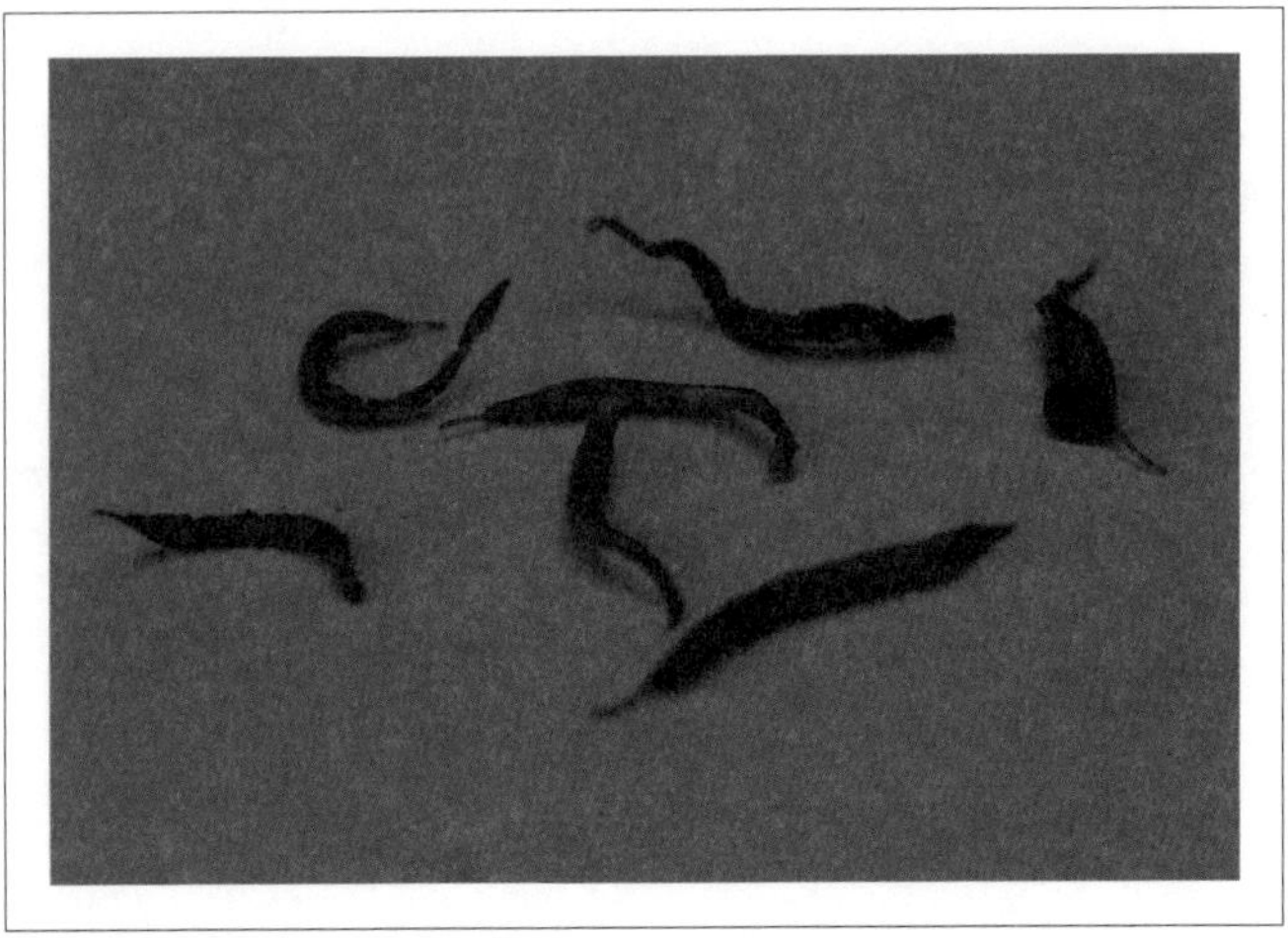

秋草をコップに挿してログハウス

白山の見ゆる農園小鳥来る

寂寞と二百十日の雲渡る

山裾を扇びらきに豊の秋

むらさきを雨に深めて思ひ草

列車発ち置き去りとなる曼珠沙華

露寒や一休禅師像の鬚

それは嘘嘘嘘と鵙鳴きにけり

挿頭めく焼銀杏の松葉刺し

翳られてげつそりと馬柵冬隣

野を這ふは煙の竜や秋収め

赤き実を十一月の雨つたふ

一畝の葱仮の世に吾《あ》も植うよ

みほとけの前に膝寄せ十夜粥

音もなく午下の雨降る冬紅葉

木の葉の舟ゆくばかりなり高瀬川

馬小屋に星点りゐてクリスマス

床中の湯婆足で探しゐる

志摩の海はや暮れゆくに年酒受く

追羽子や髪のリボンの揺れどほし

鶴頸に水仙の葉を捻り活く

平成二十九年〜三十年

平成二十九年

風止めば日あたる暇春浅き

善哉の接待ありぬ梅まつり

風光る赤子生れしと言ふ知らせ

風災の碑や学校の春浅き

みどりごの地蔵さま似の暖かや

茎立の節くれ立ちてゐたりけり

春ショール羽衣巻きに海の旅

春風に故郷の堤逍遥す

波郷愛でし「酒中花」椿購へり

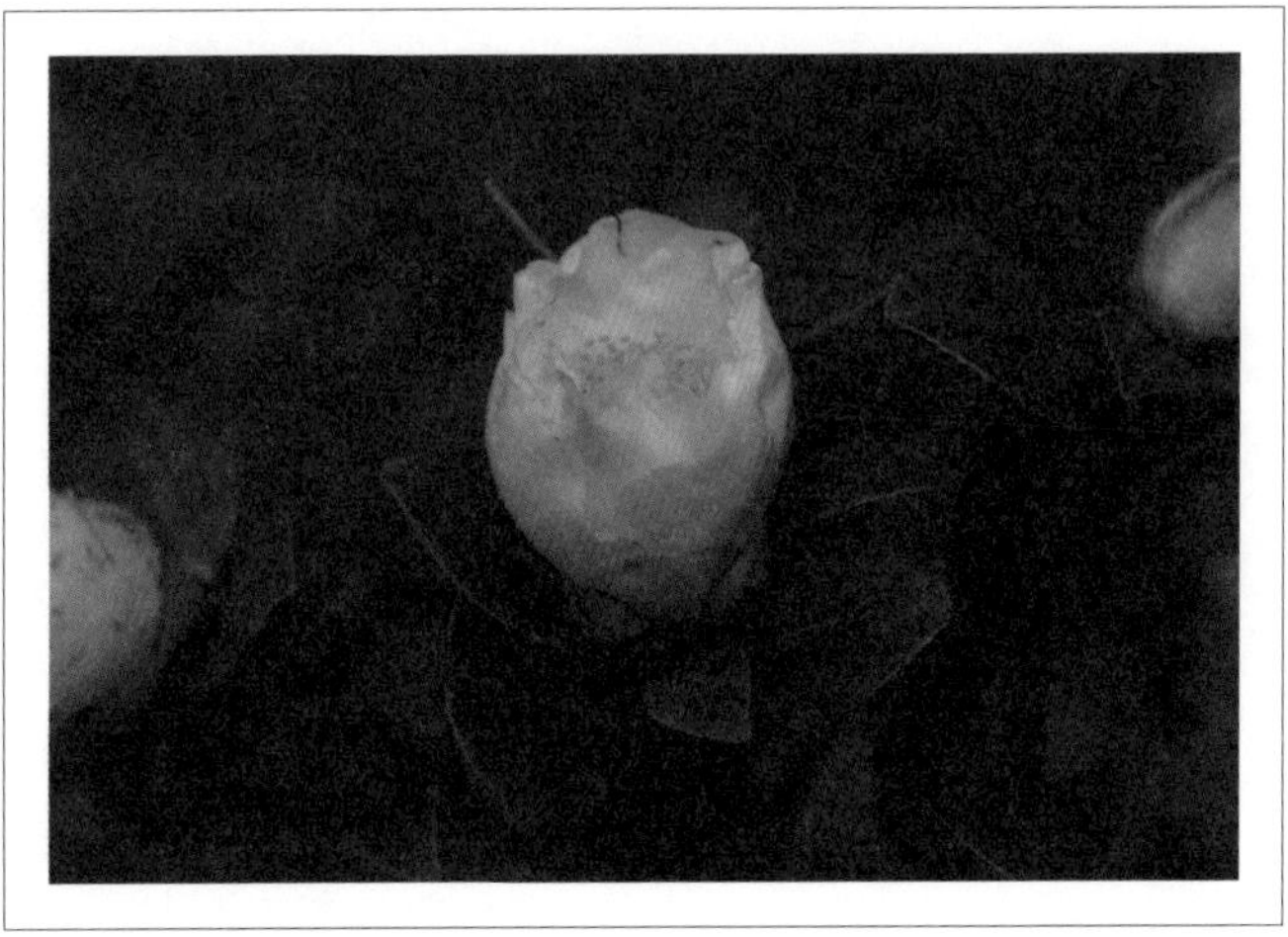

つんと尖りてかがやける春苺

へこまさぬやうにつまみし鶯餅

通されし小部屋に低く春灯

「桃花萬家宴」とありて雛の軸
雛の席生菓子の名は「草をとめ」
花筵絵巻の中に居る如き

畳へこみて直指庵竹の秋

築地塀崩れしままの弥生かな

花の下《もと》なる母の忌の野点かな

花満ちて蓮如上人御旧跡

若芝に手をつきて立つみどりごよ

春風や歩き初めたる子の靴に

ゆく春の浮桟橋の錆鉄鎖

閑けさに堪へきれず藤揺れにけり

煎じれば漢方薬となり杉菜

莢に七八つ豌豆の翡翠色

荒布干す岬の端の海女部落

みどりごの臍のまぶしき夏はじめ

青嵐牛飼の帽押さふほど

電車折返す北濃の余花の駅

北斎の逆浪白き夏はじめ

一切を放下して滝は落つるのみ

大原に入る径々に鳴く河鹿

甘酒に噎せてしまへり病み上り

箱庭にほんたうの空晴れわたる
掬ひたる生簀の岩魚跳ね止まず
みどりごの座りては転け夏座敷

梁太き百年の家の涼しさよ

開けてある躙り口より緑さす

スーラーの絵の如く船見る日傘

糸とんぼ交みて飛べり一文字

「勾玉」てふ出雲みやげの新茶かな

長良川鉄道や代田すれすれ

雨上がるあやめの色を深うして
咲きそめし梔子花弁うすみどり
学校のチャイム植田を渡り来る

根づく植田にさざなみのとめどなき

貝風鈴買ふからからと鳴らし見て

かはたれのバスーン音の牛蛙

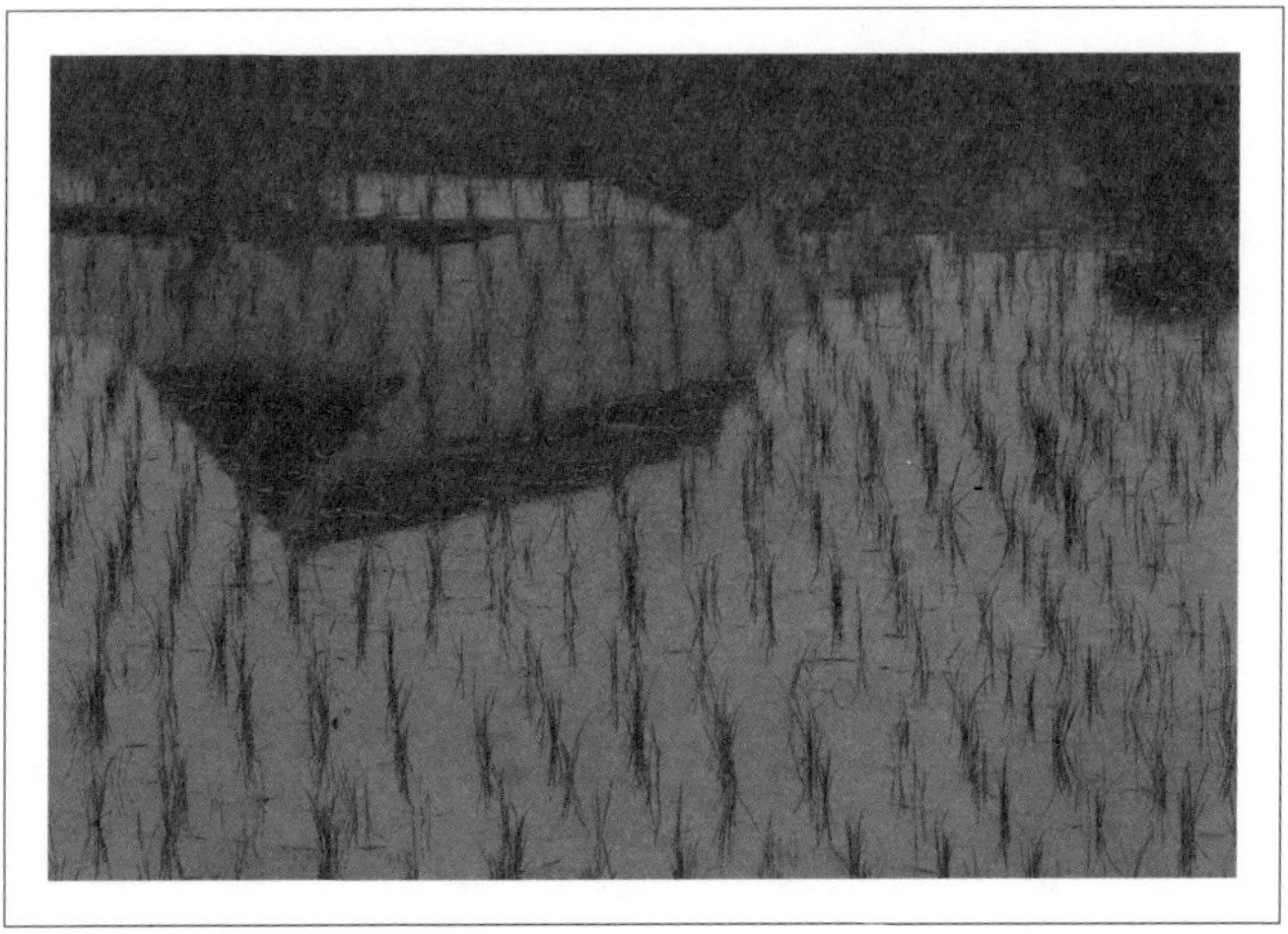

合掌をしづかに解きて蓮開く

秋近き木蔭に憩ふサイクリング

わが鼻の先映りゐる茗荷汁

一杯の黒糖梅酒暑気払

滴りの星またたきをして落ちぬ

夏期講座身上語る学僧よ

湧水を掬ひて秋の雲掬ふ

八月の反戦劇の青年ら

バーベキュー果て煌々と空に月

秋の蜂しづかに歩む花伝ひ

爽やかに朝の日のさす楢林

秋の蠅縋りて玻璃を登りけり

盂蘭盆や馬頭観音灯ともりて

西瓜冷して湧水の宗祇水

手水鉢の水呑みに来し秋の蜂

ひとり観る反戦映画広島忌

マネキンの首に衿添ふ秋はじめ

今生に木槿咲きその紅深き

癌の首撫でてゆきたる秋の風

梨薄く切りみどりごに与ふなり

盆の川をさなと草の舟流す

絹光りして仲秋の杉柱

小望月姥捨山のこと思ふ

いたつきの母臥しがちに萩の頃

落柿舎の煤けし壁やちちろ鳴く

今もなほ性《さが》の単純秋桜

小鳥来てをりある晴れた峡の朝

菊の宴九谷小鉢の向付

コサックの帽子を被り櫟の実

一休に恋の詩ありて暮の秋

鶲来て草笛鳴きす浦日和

癒えよ癌とて菊酒を酌みにけり

病むわれを待ち伏せゐたる秋蚊かな

カーテンで仕切れば個室秋灯

五分粥に添へ柚味噌の香患者食

日が射せば銀露童子草の上

退院して来ればわが家の鉦叩

「貫之」読む色を深めし実むらさき

葉にすがりつく露もあり風の中

癒え初めし身にやはらかき柿日和

マネキンも搬入されて十三夜

墨の香の見舞状来て十三夜

養生の吾に小春の空青し

しぐれ忌の堅田に鯵買ひにけり

もてなしに白玉汁粉炉を開く

日のさせばぱつとよろこぶ障子かな

綿虫に逢瀬の如く待たれをり

道に掌に霰跳ね子の誕生日

粕汁や母者の郷の能登のこと

横座りして小春日のナルシスト

水湊や宇陀黄昏にバスを待つ

大阪をモノクロにして冬の雨

虫喰ひの白菜まこと瑞々し

着ぶくれて友垣を訪ふ宇治田原

むらさきの翅立てて飛ぶ雪蛍

夫許しポインセチアを抱き帰る

肉を噛み切れぬ齢やクリスマス

近松忌雪となりたる渡しかな

子に習ふ切札のこととお正月

皿の菓子あけぼの色や初茶の湯

若き日の大島紬着《き》衣《そ》始

塗の椀に雑煮の餅のこびりつく

夢のごとお降りの雪止みにけり

喰積のきんとん甘く癒えきざす

初電車しばし雀の並び飛び

四日かなライスカレーに喉ひりひり

草色のせんべいも添へ小正月

まつさらの茶巾絞りて初点前

言ひ初めの一語は「ママ」や梅早し

「白鳥」といふ峡の駅梅探る

後退りして寒鯉の相寄れる

病《やまひ》癒えよと寒卵粥に割る

葉の雪に口付けをして雪女

探梅の父母の墓まで来てゐたり

金平糖きらりと貰ひ春隣

節分会そのなほらひに膝交へ

早春をセロハン裹み苞の菓子

平成三十年

鶯菜洗ひて盛れば羽ばたく如

重ね衿ほころびそめし雛かな

ぐいと身を反らしぶらんこ漕ぐ少女

踏青の大阪城を仰ぎをり

養生に適ふ鰆の箔《ホイル》焼

フランスパンちぎるに力山笑ふ

裏山に聞こえて来たり卒業歌

お点前のままごとめきて雛の席

手にあまる姥の作りし草の餅

止り木に聴く遅き日のジャズピアノ

中天に春星ひとつ山の家
クローバの四つ葉栞にせし頃よ
春月に塔の飛天の翔けむとす

亡き母にめぐり合ふごと余花に逢ふ

薫風に抱かれてゆく病後かな

「考へる人」もロダンも五月病

梅雨寒の病後に適ふ湯葉丼

四万十の快気祝の鰻焼く

搾乳より始む牧夫の夏の朝

雀斑《そばかす》の在りて真紅のわくら葉よ

窓大き山の喫茶や夏の朝

育ちますやうに軽鳧の子の十羽みな

日盛を逢瀬の如く通院す

ゆるやかに巻く落し文恋文か

早桃洗ふ子供のつむり洗ふごと

夏薊バスは女の運転手

夫《つま》とかがみて咲き初めし夏桔梗

サングラス地中海まで来てゐたり

昼の虫鳴きもの食べて眠くなる

山鳥声交はしゆく刈田かな

閨に雨漏り暁の九月尽

秋高く吹抜けちひろ美術館

今日の月外に出て仰ぐいく度めか

繕ひし土壁射すは今日の月

白線をなんぼんも引き体育祭

真葛びつしり内堀の水見せず

小鳥来る安曇野ちひろ美術館

魚は居るやと新涼の川覗く

颱風のもどり吹きゆく須磨・明石

爽やかや線引くのみの幼の絵

汁椀の蒔絵は稲穂秋祭

万華鏡覗けば異界文化の日

冬を待つ「猛虎」てふ名の志野茶碗

梅田郁子さん逝く

鵙鳴きてだしぬけに来る別れかな

重き音たて貨車が来る冬が来る

治《じ》部《ぶ》煮《に》の鴨とろとろ煮えて母郷なる

切干を好める齢とはなれり

泡立てる音厨房の十二月

白雪姫いくたびも読む風邪の子に

野良猫の見に来てくれし冬籠

行平に曙色や冬至粥

雪降るや擦れ違ひたる馬ぬくき

鈍色の声をこぼして冬の鳥

モノクロの冬木の梢暁へ

元朝や命毛揃へおろす筆

腎のつぼ押さへてもらふ寒の入

みしみし抜く歳月の歯や寒の内

雪晴や馬貌を出す厩舎窓

平成三十一年〜令和一年

平成三十一年

薄紙につつまれてあり雛の菓子

春の雪お薄いただく間に止めり

紅梅の蕾を伝ふ雨滴かな

日の射せば曼荼羅のごと蜷の道

先生の傍にゆきたき遠足子

春寒く西行庵の跡とのみ

山笑ふ土手駆けあがる子供達

道通る人声聞こゆ春障子

いもぼうの大き朱の椀山笑ふ

新しきバス停留所初蝶来

その幹に己が花影の揺れてをり

臙脂濃き芍薬の芽や母の忌来

春の鴨上目遣ひに吾を見たり

片恋に似たり勿忘草の色

濡れ光りして金色の甘茶仏

令和一年

搾乳の体験もしてこどもの日

火の鳥とならむと羽うつ牡丹かな

源流の音初夏の谿奔る

乾杯のシャンパン弾け夜の新樹

子が歌ひ父歌ふ風呂こどもの日

雨あとの明けや名もなき草涼し

一筋の草落ちさうや釣忍

河鹿鳴くハーレダビッドソン去りて

軋み音こぼし貨車ゆく麦の秋

夏祭までの白砂を均しけり

戸袋の板を繕ふ梅雨晴間

とある桟橋セーヌにも似て涼し

百まで生きよ一歳の裸子よ

蝸牛透きとほるまで雨降りぬ

新しき茶筌の香り朝茶の湯

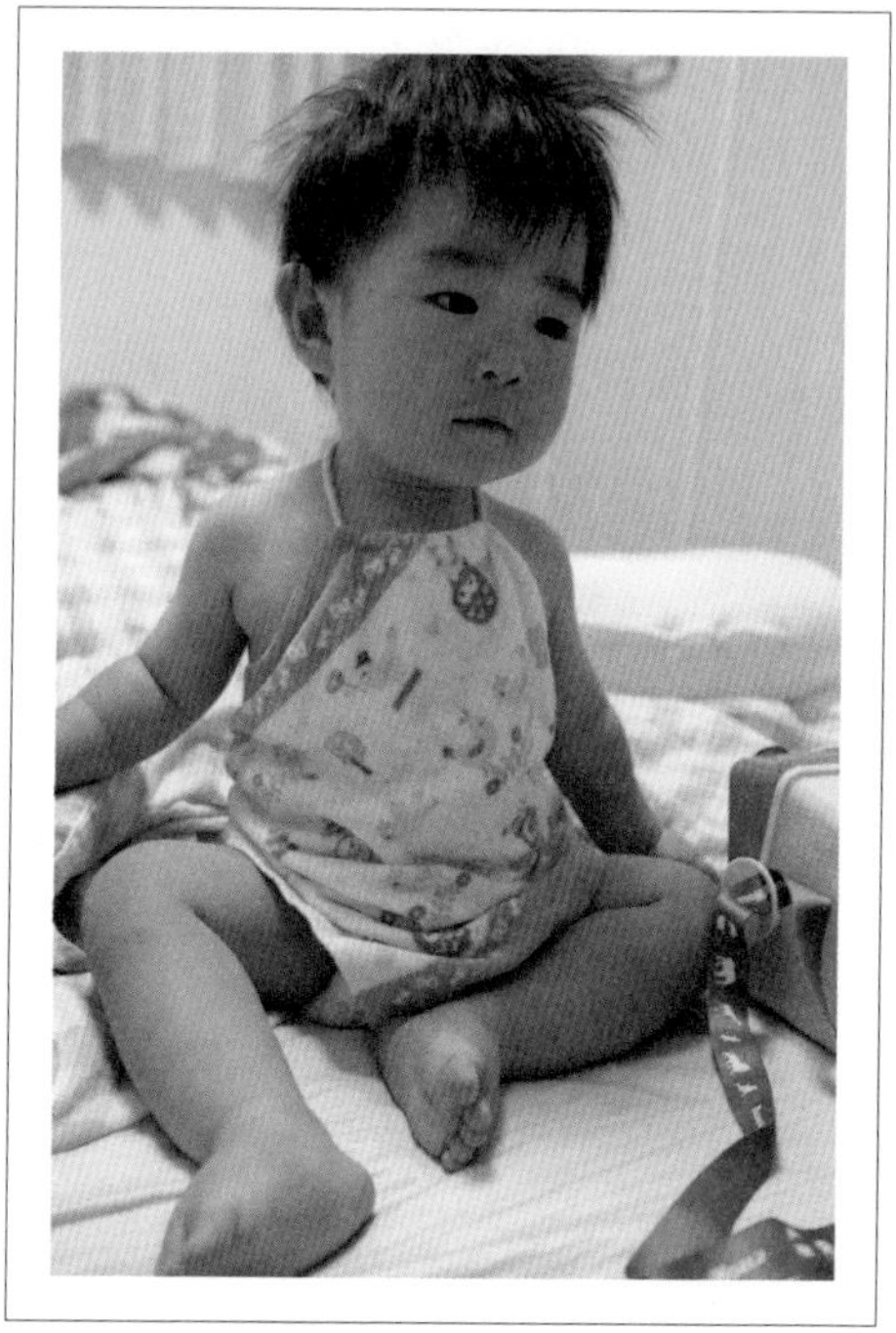

落葉松の影深くなる夏の果

昼寝覚地球一周旅行して

己が蔓絢ひつつ垣の炎花

点睛のへくそかづらの紅点々

たどれどもへくそかづらの果て知れず

子と見たる旅の川辺の夜店かな

話し足らずに別れけりソーダ水

適塾の天窓覗く秋の空

いつもとは違ふ声して盆の家

雨水の樋を飛び出す厄日かな

死は必然生は偶然露けしや

霧の中カウベルの音すれ違ふ

退れば見えて山坂のけふの月

いちはやく草紅葉して開拓地

新涼や木の家に子の寝息して

よく響くわらべの声や竹の春

弧を描き子を越えてとぶ蝗蝣かな

陸揚げの魚秋潮をしたたらす

須磨・明石の古《いにしへ》語る秋の海

映画見終へ黄落の街歩き出す

黄落の坂道見えて厨窓

でこぼこの斜面たのしむ秋の蝶

秋深き地をうちしぶく牛の尿

冬晴や並足の馬尾を捌き

冬麗の土手息熱くサキソフォン

手応への出でて透きたる葛湯かな

極月の屋根繕ひの見積り書

浚渫船引く冬川のタグボート

冬川の埠頭がらんと八軒家

乙訓の牡丹の冬芽見に行かな

寒椿剪ればば濡れゐるひとところ

ひと跳ねの寒鯉の胴締まりたる

もの食べし唇に引く寒の紅

セーターを砲丸投げのごと脱ぎぬ

雪女われもつめたき手の女

雪催ひ九谷の碗の金翳る

寒梅や恪勤たりし父の忌来

春隣どら焼割れば餡に艶

淀川に泥舟泊る蕪村の忌

令和二年〜三年

令和二年

部屋隅にギター立てかけ春浅し

クレーンが動く春空百フィート

囀りのみどりみどりと呼ぶ如き

はこべの花たしかこの道このあたり

初桜古校舎へと枝伸ばし

蜷覚めよ風やはらかくなりにけり

小流れをまたぎて芹を摘みくれし

呪文めく声に応へて恋の猫

守宮這ひ来る涅槃会の坊の壁

屋根替の今みしみしと仏間の上

耀済みし島の港や涅槃西風

花盛り幻の母在すごと

ふらここを漕ぐ少年は魚のごと
てふてふの刹那せつなの翅づかひ
雛菊植う余命明るく生きたくて

伊吹山の襞の残雪鼻梁ほど

春寒の風吹く蕪村生誕地

人を避け人を恋ひゐて暮の春

ねころびて眠つてしまふ春の山

啓蟄や子の見つけたる団子虫

遠き日を置き去りにしてリラの花

春疾風仁王は五指を反らしゐる

雨垂れの音の中なる雛の茶事

逍遥は野いばらの咲くところまで

行きずりに初夏の団地の朝の音

麦秋や駿馬に恋をせし日あり

薫風や弥勒菩薩の腕細き

朝より灯ともし梅雨の洗濯屋

牛蛙寄ればば鳴き止む人嫌ひ

水面に張りつく浮葉無一物

弾き合ふ雨の植田の水輪かな

日のさせば翡翠色して余り苗

手にのせて粋な縞ある落し文

口内炎舌でまさぐり半夏生

山びこは又三郎か夏の山

サンドレス歩けば裾は波のごと

つるみゐてびくともせざる大蛾かな

片蔭の軒の深くて集会所

一条の灸花活け茶を点つる

百合ひらきかがやきて息長く吐く

恋のフーガや心平の雨蛙

夕焼けて砂場に残る山河かな

山の宿灯せば火蛾の狂ほしき

暮早き白川郷の豇豆かな

小鳥来る煙突のある森の家

アレグロとなりつくつくし鳴き納む

秋風や碑に連歌講跡とのみ

石に手を当つれば熱し秋彼岸

かはたれの峡の終着駅冷ゆる

どんぐりを拾へば濡れしところあり

遅れ飛ぶ一羽も加へ稲雀

山粧ふ頃の大和の茶粥かな

小鳥来てをり小鼓の音たてて

山粧へりすぐそこに墓見えて

山粧ふ谷渡りゆくロープウェー

栗を剝く多面体の面くづさずに

秋なすの肩を落して生りにけり

母の声聞こゆる如く障子の間

子の誕辰冬青空を仰ぎけり

五歳児に仮名の伝言クリスマス

窓の星またたき覗くクリスマス

群離りゆく水鳥の孤舟めく

読初の深入りとなる「罪と罰」

滝の音たてて尿する寒の牛

目覚めたる丑三つ時の寒さかな

晩節を汚さず生きよ冬の薔薇

寒灯に照らされてをり切通し

新築の溶接火花春近し

指で突きうすらひ割ってしまひけり

令和三年

春禽死す胸もとに草色残し

立春や紺の表紙の句帳買ふ

水温むあひるも鴨も一《ひと》群《むれ》に

好きな一木囀の木となれり

瀬音高し木の芽囲ひの始発駅

春の鴨われを一瞥してゆきぬ

搾乳の乳ほとばしる雪間草

貝雛の短冊かけて汝を待つ

永き日の水を啄む水輪かな

鳥は花を啄み花に入りゆきぬ

春愁を攫ひゆきけり旋風《つむじ》

男腕くむ花冷の園の椅子

永き日の車窓少年立ちて見る

瀬音貫きうぐひすの鳴きにけり

父の忌や椿一輪とつくりに

十文字飛びして離る恋の蝶

白藤のむらさきを帯び疫病の世

藤の花翅あるものの執しをり

微風に羽うつ白昼の牡丹かな

ふるさとのなだらかな山粽食ぶ

朝風をよろこび植田そよぐなり

丘はるかさん逝く

でで虫の親子見つけて下さりし

悠然と空を見てをり羽抜鳥

思《し》惟《ゐ》をする時やしづかに百合ひらく

緑蔭をなし大いなる朴一樹

如来を待つ泰山木の花うてな

緑蔭の椅子ひとところ濡れてをり

蟬時雨はつと止みたるしじまかな

滝しぶき一枚岩に添ひ落つる

雪舟の墨絵の雪の涼しさよ

青田波連弾のごと寄せて去る

泣き出せる子もゐて鮎のつかみ取り

うしろに子その子も入り盆踊

今生を斯く鳴くのみかかなかなよ

秋暁の落葉松林雨こまか

濡れ光る雨後のどんぐり子に拾ふ

水つつく鶺鴒己が影つつく

洗礼のごとく頭《かうべ》に霧雫

秒針の如く打ちゐる鉦叩

すこし休めよ昼夜打つ鉦叩

裏山へ運動会のアナウンス

床柱乾拭きをして文化の日

木洩れ日がぽつとつつじの返り花

あとがき

句集『ころもがへ』は平成二十六年から令和三年までの作品四九六句を選んでまとめた第四句集です。

句集名の「ころもがへ」は「更紗巻くのみのマネキン更衣」に拠ります。ある日百貨店のマネキンの更衣を見て、一枚の更紗を巻くだけでこのように、エレガントな夏服になるのだと思いうれしくなり、この句が出来ました。芭蕉の「一つ脱いで後に負ひぬ衣がへ」の句が思い出されます。そして第二次世界大戦を越えて来た母の、すべてのものを大切にして、何をするにも工夫をこらし喜びを見つける暮しが、母の人生を豊かにしていたように思われます。未熟なものですが、私もこの大変な世の中で、何よりも平和と命を大切にして生きていきたいと思っています。句仲間の人達や家族のお蔭で、子供達の希望による写真入りの句集を上木することが出来、感謝しています。今はただ一日でも早く世界が平和になり、コロナの流行が終息しますように祈っています。

お世話になっております辻田克巳先生、岩城久治先生、富吉浩主宰には心から感謝申し上げます。また、ふらんす堂のみなさまには、お世話になりましてありがとうございました。

令和四年三月

杉口麗泉

著者略歴

杉口麗泉（すぎぐち・れいせん）　本名・みどり

昭和21年　４月６日大阪生
昭和42年　京都府立大学女子短期大学部国語科卒業
昭和55年　「南風」入会
昭和56年　中学の講師を始める
平成４年　中学の講師を辞す
平成６年　「幡」入会
平成９年　第一句集『力草』刊
平成18年　第二句集『宅配便』刊
平成18年　幡賞受賞
平成26年　第三句集『金色童子』刊

現在　「幡」星辰集作家　俳人協会会員

現住所　〒564-0002　大阪府吹田市岸部中4丁目14の8

句集　ころもがへ

二〇二二年八月三〇日　初版発行
著　者――杉口　麗泉
発行人――山岡喜美子
発行所――ふらんす堂
〒182-0002　東京都調布市仙川町一―一五―三八―二F
電　話――〇三（三三二六）九〇六一　FAX〇三（三三二六）六九一九
ホームページ　http://furansudo.com/　E-mail　info@furansudo.com
振　替――〇〇一七〇―一―一八四一七三
装　幀――君嶋真理子
印刷所――日本ハイコム㈱
製本所――日本ハイコム㈱
定　価――本体二五〇〇円＋税
ISBN978-4-7814-1486-7　C0092　¥2500E